THE MI
CHANC

AND OTHER TOP-SECRET CASES

By Alidis Vicente

PIÑ.
ARTE PÚBLICO PRESS
HOUSTON, TEXAS

The Missing Chancleta and Other Top-Secret Cases is made possible through a grant from the City of Houston through the Houston Arts Alliance.

Piñata Books are full of surprises!

Piñata Books
An imprint of
Arte Público Press
University of Houston
4902 Gulf Fwy, Bldg 19, Rm 100
Houston, Texas 77204-2004

Cover design by Mora Des!gn
Cover and inside illustrations by Leonardo Mora

Vicente, Alidis.
The missing chancleta and other top-secret cases / by Alidis Vincente ; Spanish translation by Gabriela Baeza Ventura = La chancleta perdida y otros casos secretos / por Alidis Vicente ; traducción al español de Gabriela Baeza Ventura.
p. cm.
Text in English with parallel Spanish translation.
Summary: Second-grader Flaca investigates three mysteries, from her missing flip flop, to who put a food she is allergic to in her lunch, to how she will find her dancing ability before performing salsa at her sister's quinceañera.
ISBN 978-1-55885-779-7 (alk. paper)
[1. Mystery and detective stories. 2. Lost and found possessions—Fiction. 3. Food allergy—Fiction. 4. Salsa (Dance)—Fiction. 5. Hispanic Americans—Fiction. 6. Spanish language materials—Bilingual.] I. Ventura, Gabriela Baeza, translator. II. Vicente, Alidis. Missing chancleta and other top-secret cases. III. Vicente, Alidis. Missing chancleta and other top-secret cases. Spanish. IV. Title.
PZ73.A5766 2013
[E]—dc23

2013029355
CIP

∞ The paper used in this publication meets the requirements of the American National Standard for Information Sciences—Permanence of Paper for Printed Library Materials, ANSI Z39.48-1984.

Printed in the United States of America
February 2015–March 2015
United Graphics, Inc., Mattoon, IL
12 11 10 9 8 7 6 5 4 3 2

TABLE OF CONTENTS

This book is dedicated to Mateo, the newest rookie detective in the Vicente Squad.

FROM THE DESK OF DETECTIVE FLACA

Dear Junior Detective,

If you are reading this letter, it is because you are interested in reviewing some of my most top secret case files. Normally, I don't allow civilians to read my confidential materials. But, since you are clearly trying to learn how to be a professional, flawless, observant detective, it only makes sense that you learn from the best . . . ME.

All of the cases you are about to read are as real as I remember them and so are all of my successes. But please keep in mind that some of the names and dates may have been changed for privacy reasons. We detectives have to be very careful as to the kind of information we release to the public, and even though I trust you, I can't trust you THAT much yet. So, I'm sure you'll understand when I ask that you please sign the confidentiality agreement attached. It's not a big deal or anything. I just have to make sure you're not a criminal or spy. You're not, right? Good. So, just sign the agreement and keep it handy in case we ever have to have a little chat.

Carefully yours,

Detective Flaca

I, ___________________________________, do solemnly swear not to reveal any of Detective Flaca's extra awesome detective methods to any villains, evil masterminds or criminals in training. I promise to use Detective Flaca's totally confidential information solely for learning and creative purposes and will not criticize any of the characters (except maybe La Bruja). Lastly, I promise to read the whole book and look up any words I don't understand in the dictionary so that one day I can be an even smarter and better detective than Detective Flaca, if that's even humanly possible.

Signed,

____

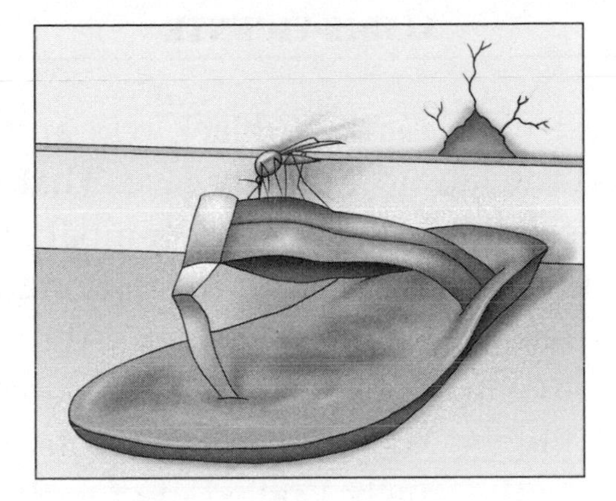

Case #1
Name: The Case of the Missing *Chancleta*
Date: A long time ago
Status: Closed

They call me Flaca. DETECTIVE Flaca. I'm sort of a legend around these parts. I've done this job a long time. Too long. It's impossible to remember all of my cases, but I'll never forget the first one. I was seven years old. I'm eight now, so lots of time has passed.

It was summer. Hot. Sticky. A perfect afternoon for a play date at my friend's pool. There was just one problem. My *chancleta* was missing. I looked everywhere. It seemed hopeless, but I wouldn't stop searching until my flip flop was on my foot!

It's important to prepare for investigations. I made sure my tools were ready. Pencil and notepad: In hand. Straw hat for disguise: On, but messy. The whole point of a detective hat is to help hide your face, but my hair was a problem. It was straight, limp, and kept falling onto my pale skin. I looked like a ghost with a stringy black wig and *pava*. At least I had freckles to hide my face. That counts as camouflage, right? Ready for combat: Oh yeah. Every good detective needs a magnifying glass, but I didn't have one. An old pair of my Abuelo's glasses would have to do. Grandpa's glasses make everything look bigger. Magnifying glass: Check (sort of).

Sitting on the couch, I called my family for interviews. Everyone was a suspect. They told me about the last time they'd seen my missing *chancleta*. I listened and took notes. Details are the key.

First, I spoke to my father.

"Where were you when you last saw the missing *chancleta*?" I asked.

"Actually, I was sitting right here on the *sofá*. It was hot, and I saw your flip flops on the floor. I used one as a fan."

"So you stole it?" I asked.

"No, I didn't steal it! The fanning wasn't working, so I stuck my head in the freezer. I dropped your *chancleta* on the kitchen floor."

My dad began to whisper. I knew it was top secret information.

"Don't tell your mother, but afterwards I saw her holding it in the kitchen!"

I wanted to believe him, but you can't always trust his information. He forgets EVERYTHING.

"You're free to go. Next!"

My mother entered my office. I asked when she and the missing *chancleta* were last together.

"Last night, I put dessert on the kitchen table, and *el perro* tried to eat it. The first thing I saw was your flip flop. I grabbed it to shoo the dog off the table and put it back on the floor. But you have plenty of *chancletas*, Flaca. Why don't you wear a different pair?" she asked.

"It's DETECTIVE Flaca! Thanks for the advice, but flip flops don't just disappear. Someone is responsible for this," I explained.

"Suit yourself," she said. "I have to start dinner."

There was no need to question what was for dinner. Rice and beans. Again.

I had my last interview with the number one suspect.

"You may have a seat," I told my sister.

Interviewing her would be tricky. She likes trying to confuse me.

"Tell me about your meeting with my *chancleta*."

"Nobody knows where your flip flop is, Flaca. Maybe El Cuco took it."

Just as I expected: trickery. Everybody knows the Boogey Man doesn't exist, unless you're a witch like my sister, La Bruja, as I like to call her.

"Or maybe YOU took it!" I exclaimed.

"Yes, I did. The dog was trying to eat BOTH of your *chancletas* last night, so I put them in your room."

Turns out La Bruja wasn't lying. My other flip flop had the dog's teeth marks all over it. At first, I thought they were my sister's teeth marks, but hers would've left bigger dents. There was only one thing to do. I had to examine the last place the *chancleta* had been seen: My room.

I sat on the bed to look over my notes with Abuelo's glasses. Everybody's story made sense. Still, no flip flop.

Just when I thought the case had frozen, I heard the buzz around town. Actually, it was the buzz in my ear. A mosquito! I sprang into action.

It was an old fashioned bullfight. I was the matador and the mosquito was the bull. He charged at top speed, and I swatted him with my. . . . *CHANCLETA!* Then it all came back to me.

The night before, I was trying to fall asleep when a mosquito bit me. I got up and used my *chancleta* as protection from the hungry pest. Once it landed on the wall . . . bull's eye!

That meant my flip flop was behind my nightstand!

Of course, I was right. There it was. The missing *chancleta* was staring at me, waiting to be cleaned of the flying villain. I did a fine job taking another thief off the streets.

The Case of the Missing *Chancleta*: Closed.

Hundreds of cases have come and gone since then. Now I even use a pen to take notes, because I rarely make mistakes. There's only one criminal I haven't caught: The crook who stole my Tooth Fairy money.

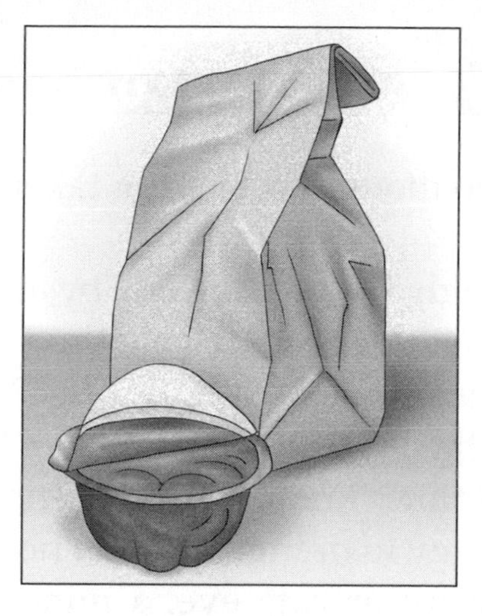

Case #55
Name: The Case of the Deadly *China*
Date: Unknown
Status: Closed

It was my favorite part of the school day. I stared at the brown paper bag that was holding my lunch hostage on the cafeteria table. I loved studying the bag, trying to figure out what was inside just by looking at the clues on the outside. What can I say? I'm a detective! It seemed like any ordinary lunch until I opened the bag and found the poison.

There was a *china* in my lunch. To the average second-grader, an orange in their lunch wouldn't seem like a big deal. But for me, seeing little pieces of *china* disguised in a fruit cup was beyond a big deal. It was a serious threat.

A cold, tingling sensation raced down my spine as I realized what was going on. It was as obvious as a cookie on a plate of vegetables. Someone was trying to poison me. I felt my throat closing. I was suffocating at the thought of having taken a bite of that deadly *china*.

Even though I was shocked by the situation, I had to admit the criminal's methods were clever. Trying to poison me with an orange? Genius. This also pointed me in the right direction. Whoever was behind this crime, knew me well enough to know about my allergy to oranges. Had I not been such an observant, crafty private eye, a minor detail might have been overlooked. Luckily, being a detective isn't what I do. It's what I am.

I needed to get home right away to launch a full investigation. Someone wanted to take me down. Their success was not an option. I had to do what every responsible student does when they need to go home during the school day.

I told the lunch aid I had to go to the school nurse because of contact with a food allergen. I knew it would get me in with the nurse . . . fast. I rushed down the hall to Mrs. Caradura's office. No one was there, as expected. Lunch is always the least busy time at the nurse's office. Nobody wants to skip lunch, but a math test . . . that is worth getting sick over.

I had to approach Mrs. Caradura very carefully. She is known for being a tough lady. She's short and wide, with her mouth molded into a permanent frown. You can never fool her with fake symptoms, and she rarely sends anybody home. Most students call her mean. I like to consider her a worthy opponent.

I walked into her office and sat down in the chair in front of her desk as she typed on the computer. She quickly glanced at me through the corner of her glasses while she continued her work.

"Sick, Flaca? During your lunch period? This should be interesting," she said, still typing.

I stared at Mrs. Caradura, placed my fruit cup on the desk and pushed it over to her.

"What is this supposed to mean?" she asked.

It's just like her to ask an open-ended question. I had to be sly with my answer.

"I don't know, Mrs. Caradura. You tell me. Check my health record."

"Flaca, I don't have time for these games. Tell me what's going on," she demanded.

Mrs. Caradura was being very bossy, probably because she didn't have the skills to put the puzzle pieces together. I did it for her.

"That is an assassination attempt. Someone is trying to poison me," I said, pointing to the fruit cup.

Mrs. Caradura stopped her work and took off her glasses. Now, we were looking at each other eye to eye.

"First of all, Flaca, no one is trying to poison you with a fruit cup. On top of that, I'm afraid you don't know the correct definition of 'assassination.' You are not a public figure or well-known person. So, even if someone were to poison you, it would not be defined as an 'assassination attempt.'"

Mrs. Caradura seemed satisfied with her answer, because her fingers began to dance on the keyboard again. She must have thought I didn't expect that kind of response. She was wrong.

"Actually, Mrs. Caradura, I *am* a public figure. In case *you* didn't know, I am a detective in this town. There are tons of important cases that would have been unsolved without me. So, I *can* be assassinated. Even more importantly, I am allergic to oranges, which, as you can see, are all over this fruit cup. But, I guess you wouldn't know about my allergy to oranges because you haven't checked my chart."

Mrs. Caradura raised her eyebrows, folded her hands and sat quietly for a moment (which I'm sure was a first for her). Then she asked, "What exactly is it you want me to do for you, Flaca?"

"I need you to call my mom and tell her to pick me up from school because I may have eaten a piece of an orange," I said.

"That would be a lie," said Mrs. Caradura. "You haven't eaten an orange. You are perfectly fine."

"But I could have eaten the orange. And if I leave here with this fruit cup, I may eat the orange. Sending me home is the safest thing to do. Besides, it will get me out of your office faster. Otherwise, I may have to stay here for observation. My throat's feeling a little itchy," I said.

Gosh, I was good. Mrs. Caradura was cornered. It was now or never. I was about to kick my soccer ball into her goal, and there was nothing she could do about it.

"I will call your mother and explain you would like to go home because you are concerned about the orange you found in your lunch bag. Go back to the cafeteria, and I will call you down to the office when she gets here."

GOOOOOOOOOAL! Now it was only a matter of time before I brought the person behind my assassination attempt to justice.

As I walked out of the office, Mrs. Caradura stopped me.

"I'll do this under one condition," she menaced from her desk.

I turned around, prepared for negotiation.

"You figure out who is trying to assassinate you and tell me their identity."

"Agreed," I answered.

I think it was the first time in her life anyone had seen Mrs. Caradura smile. I never knew her face could do that. It was a little scary.

Once I got home, I began a detailed investigation. This would be different than the average "I can't find my keys" type of mystery. This was a red alert. The first thing I would need was my gear. Hat: check. Notebook: In pocket. Yes, I still use a pen and notepad. Some detectives use fancy digital pads or tablets to write down their observations, but I'm old fashioned. I have way too much valuable information that could be stolen by thieves. The only thing I was missing was Abuelo's glasses. I had tried using a traditional magnifying glass, but to be honest, nothing is stronger or thicker than grandfather's eyewear. The problem: Abuelo was taking a nap. The glasses were on his bedside table, next to a cup of liquid that was holding his dentures. I cringed as I reached over just enough to grab the glasses with my two fingers. I didn't want to get too close to his floating jaw. I guess that's why the dentist says to brush twice a day. Gross.

With Abuelo's glasses in hand, I started analyzing my lunch bag for clues. I searched my lunch for traces of other poison or booby traps. That's when I found the note. It was on a little sticky paper and read:

Eat up ☺

So, this was a sarcastic criminal. Ha! They probably meant:

Eat up

I saved the note and placed it in a sealed sandwich bag labeled "EVIDENCE." I would need to use handwriting analysis to catch this criminal. Luckily, I've done hours of internet research on people's handwriting, which means I'm pretty much an expert by now.

I held interviews with my family members and asked them to write the words "eat up" on a piece of paper. I would later compare them to the evidence I had found. Usually, I would question my family members to see if they had anything to do with the deadly *china*. But, I knew my parents would never do such a thing. They would miss me too much if I had eaten that orange. Even worse, they would be stuck living with La Bruja as their only child. I can't

Eat up!

imagine anybody would want that. As for my sister, well, she wasn't smart enough to put together such a sneaky assassination attempt. Honestly, I don't even think she can spell "assassination." A detective can't rely on hunches alone, so I made sure I had my household writing samples, just in case. After looking over my family's handwriting under a super bright light bulb, I knew none of them were a match.

EXHIBIT A: Papi's Sample
Eat up
Match Status: NEGATIVE

EXHIBIT B: Mami's Sample
Eat up
Match Status: NEGATIVE

EXHIBIT C: La Bruja's Sample
Eat up
Match Status: Creepy . . . but negative

The next day, I was in class waiting for the dismissal bell to ring. I had finished my spelling test early, as usual. Spelling was one of my best skills. Every good detective needs to be an excellent speller. If I ever had to bring my top secret case files into a court, which could happen at any moment, a spelling mistake would be pretty embarrassing in front of a judge.

During my wait for the bell, my teacher handed out last week's spelling test. Under my predictable "100%", there was a little note.

Keep up the good work ☺

Match Status: OH YEAH!

It looked like I'd be staying late after school for a student-teacher conference. There was business to be taken care of. My enemy must have read my mind because she said, "Flaca, please stay after class. I'd like a word with you."

I was planning on it, Mrs. Assassin.

Once the bell rang, all the students rushed faster than ever. It was as if they were trying to escape the storm on its way to the classroom. I stood by the door, in case I needed to make a quick, unexpected exit.

"Have a seat," said the failed assassin.

"No, thanks," I answered. "I work best when I'm on my feet."

"Okay. I heard you were upset about a fruit cup you found in your lunch bag the other day. Would you like to talk about it?" she asked.

"Sure, if you'd like to talk to me about this," I said as I put the original evidence note on her desk. I always walk around with my evidence. Leaving it in my house or backpack was too risky.

"Do you recognize this?" I asked.

"Yes, it's the note I put in your lunch bag," answered the slayer.

"So, it was you!" I exclaimed. "I knew it!"

Handwriting analysis never lies. My enemy's face didn't change. Not a smile. Not a frown. She was a stone cold professional.

"What was it?" I asked. "Was I getting too good in all my subjects? Was my intelligence making your job harder? Tell me why you did it!"

"Why I did what?" she asked. Now she was acting.

"Oh, come on! We both know what's really going on here. Just come out with it already. What were your reasons for this assassination attempt?!" I demanded.

"Assassination attempt? Flaca, I put the fruit cup in everyone's lunch box. It was the treat I promised the class for all your excellent test scores," she explained.

"A treat?! Have you lost your pencils? You can't just go around sticking food in students' lunch boxes. People have allergies, you know!" I said.

"Yes, I know. I'm very aware of all my students' allergies," she admitted.

"So you WERE trying to poison me!" I yelled.

"Flaca, what on earth are you talking about?!" asked my would-be assassin.

This was my moment to show her I knew exactly what she was up to. "You knew I was allergic to oranges, and you put the orange-laced fruit cup in my lunch box on purpose!"

"There are no oranges in this fruit cup!" she said, picking up the poison and waving it in the air. She went to the cabinet and took out a package of fruit cups.

"Read the ingredients label. There are no oranges. What you saw were clementines," she said.

I read the ingredients label, but I wished I would have had Abuelo's glasses handy. It was possible she could have changed or damaged the label in some way. There was no telling without the glasses. Either way, I saw where she was going with this.

"If someone were allergic to eggs, would you give them cake? Citrus fruit is citrus fruit. One poison is as good as another!" I said.

I got up and walked toward the door.

"I'm on to you," I pointed out. "And next time, I won't let you off the hook so easily."

While walking down the empty school hall, I passed Mrs. Caradura's office. I saw her typing away at the computer again.

"It was my teacher," I said, from the doorway. "Totally sloppy. Keep an eye on the refrigerator in the teacher's lounge. I bet she steals other people's lunches."

She nodded. We were officially silent partners of justice.

Case of the Deadly China: CLOSED

I continued my stroll out of the building. Thanks to my creative crime-solving skills, I had ruined an assassination attempt. First stop: The smoothie shop for a drink. Next stop: FBI Training Academy.

Case # 103ish
Name: The Case of the Lost Salsa
Date: On and about the time of La Bruja's 15th birthday
Status: In Progress

It was the worst evening I have ever had. My older sister, tormenter that she is, decided to ruin my life at the dinner table. She was turning fifteen soon and was talking to our parents about her idea for a *quinceañera*. Boring.

"Flaca, aren't you excited about your sister's party?" asked my mother.

"I guess," I said, pushing *gandules* around my plate. I was not a fan of those little green pea imposters. They were just a fancy way of making beans with dinner again.

"Well, if it's not a big deal to you, then maybe you shouldn't have a *quinceañera*," snapped my sister.

"I don't plan to," I answered. "It's pretty ridiculous. You wear a big white dress with a crown. Your friends wear matching gowns and their partners wear hideous tuxedos with colored ties. It's supposed to be a fifteenth birthday party, not a wedding."

"That's enough, girls," interrupted my dad. "Flaca, you don't have to have a traditional *quinceañera* when you turn fifteen, but this is your sister's special day. It's a way to celebrate her becoming a young lady. She can plan it however she likes."

"Thank you, Papi," smirked La Bruja.

A twisted smile came across her face. I knew it was a bad sign. Then she said the painful words.

"I have an idea," she explained. "Instead of my friends and I doing a choreographed dance for my guests, I think it would be great if all the younger children in the family did a dance in front of the whole party! Including you, my dear *hermanita*."

Oh no. That was NOT going to happen. Dancing was not my thing. I had seen my family dance to Latino music around the house and at family parties, but it wasn't something I had ever actually done. Sure, I could probably be a master dancer because of my natural talent, but I was a detective *not* a ballerina. At that moment, I knew my sister's purpose in life was to make me miserable. Why was she so . . . evil? Obviously, she must have been switched at birth.

"That's a great idea!" exclaimed my mother. "Flaca, you would look wonderful all dressed up and dancing. I'll make a list of partners for the performance and find a dance instructor."

I stood up from my chair in protest. "I am NOT going to dance at your party! I'm not even a young child. I'm practically a preteen for goodness sake!" I yelled.

"Now, Flaca, don't get so upset," said my father, between bites of his dinner. "You have never even tried dancing before. You might like it. Give it a chance."

"But I don't want to give it a chance!" I said. "She's trying to embarrass me in front of everyone. If I have to dance, then I'm not going to that stupid party!"

"Flaca, you WILL go to your sister's party and you WILL dance. End of discussion!" said my father.

I glared at La Bruja as she raised her eyebrows at me with her arms crossed. "You might want to consider getting your eyebrows tweezed for your special party," I suggested before storming off to my room. "You're supposed to have two of them. You only have one."

The next week was the first dance rehearsal at a local dance studio. My mother had found a salsa dance instructor named Juan Camarón who had choreographed a dance for the *quinceañera*. I knew my worst nightmare was about to begin, and no amount of detective skills could help me. Or so I thought.

It was an awful rainy day. The skies were dumping tons of water on the Earth. I knew the clouds were crying for me and the terrible torture waiting for me at rehearsal. I wore a black dress and black rain boots to share the pain.

When I got to dance class all the other kids in my family were there: cousins, cousins of cousins, friends of the family, anyone with two legs under the age of twelve. They almost seemed excited about the dance as they talked and laughed together. Weird.

"Okay, everyone!" yelled Juan. "Put on your dancing shoes and stand in front of the mirror!"

My mother dragged me by the arm to introduce me to the instructor.

"Hi, Juan," she said. "This is my daughter, Flaca. She'll be part of the dance as well."

"Hello, Flaca," said Juan, with a smile.

"Hi," I said.

"Why don't you put on your dance shoes and get ready for rehearsal," he suggested.

"These ARE my dancing shoes," I explained, looking at my rain boots.

Juan looked at my mother in confusion.

"You didn't bring shoes?" she asked in surprise.

"Why would I bring another pair of shoes?" I answered. "You didn't tell me I needed special shoes."

"It's a DANCE CLASS, Flaca! Of course you need shoes! Why in the world would you think you could dance in rain boots? " she asked.

"You dance salsa in the kitchen with your *chinelas* on," I said. "Why can't I dance in rain boots?"

"I dance in slippers in my HOUSE. This is a dance class!" she exclaimed.

"It's okay if you forgot your shoes, Flaca," interrupted Juan. "You can dance in your socks for today. Just make sure you stay on the balls of your feet. Bring your shoes next time."

"My feet don't have balls," I said, looking at my socks.

Juan pointed to the bottom of my foot below my toes.

"Those are the balls of your feet. Keep your heels off the ground," he said. "Come on."

Normally, I would put up a fight about dancing in socks. But this guy had just managed to stop my mother from rambling on and on in the middle of an argument. I had never seen that before. Nobody ever manages to keep her quiet when she's angry. That was a talent I needed to learn. I would be studying him closely.

After an hour of endless standing, stepping, twisting and turning, my legs were killing me. Next time, I would definitely not be wearing rain boots.

At the next class, my mother brought me a pair of dance shoes . . . with a heel.

"Here are your *tacones*, Flaca," she said. "These will help you dance."

"Aren't there dance sneakers or something else I can wear instead of high heels?" I asked Juan.

"There are," he said, "but at the party you will be wearing this kind of shoe. So, you should practice dancing in them."

Even with *tacones,* the dance wasn't getting any easier. In fact, it was getting harder. I could barely walk in heels, let alone dance in them. I couldn't do it. Where was my rhythm? Where were my shaking hips? Where was my salsa?!

When I got home I started a full investigation. I needed to find out where my salsa had gone. I gathered my detective gear and began interviews with the usual suspects. My salsa was lost, and I had to get it back before the party.

The first person I spoke to was La Bruja. If anyone would take my salsa it would be her.

"Do you know of any place my salsa might be?" I asked.

"You can't lose something you don't have, Flaca," she answered, as she filed her nails. "You're more of a marcher than a dancer. I have all the rhythm in the family."

"So, you took my rhythm?" I questioned.

"It's in my genes," she said. "Maybe you have different genes. Maybe you're adopted or something."

"Well, that would explain why I'm so much more awesome than you," I said. "You're excused."

I would question my mother next. I always saw her dancing around the house. She had to know where I could find my salsa.

"If you want to find out where your lost salsa is, ask your father. It has to be a missing trait from his side of the family, because salsa is in my blood. It comes naturally," she explained.

The last suspect I could talk to was my dad. Were there other people in his family that didn't have salsa?

"I heard your family has a long line of missing salsa," I said. "Can you tell me more about this?"

"I don't know who told you that," he said. "I can salsa. See?"

He began singing the wrong lyrics to an old salsa song and stomped around the living room with his arms bent and flapping at his sides. He looked more like a crowing rooster than a dancer.

"Please, please, just stop," I begged. "I've seen enough. Thank you."

My mother was right. If I had lost my salsa, it was definitely my father's fault. But so far no one in my family was of much help.

At the next dance rehearsal, I arrived with my detective supplies in hand and sat in the back of the class where I could see everyone clearly.

"Let's go, Flaca" ordered Juan. "Rehearsal is starting."

"I won't be rehearsing today, Mr. Camarón. Today I am observing," I explained.

He looked at me with a puzzled face. I had to give him details.

"In other words, I'm here, but I'm not *here*. Get it?" I asked.

Juan glanced over at my mother. She gave him a nod of approval.

"Okay, Flaca. But next week you're dancing. No excuses," he said.

"Since I'm here on official business, I would really appreciate it if you called me 'Detective Flaca,'" I demanded.

"You got it, DETECTIVE," he said.

"Thanks. You're free to go now," I said as I motioned him away with my hand.

While all my cousins danced, I studied them and sketched their footwork on my notepad. It was kind of like a crime scene. Dancers have some similarities with criminals. The good ones have precise movements, and they usually work in patterns. I was going to get my salsa back in no time.

That night, I went home and got to work. I cut out shoe prints and taped them to the floor. I followed them in the same pattern I had drawn. It was like walking in the shoes of a criminal, and I was good. I had to be careful, though. It's really easy to cross over to the other side. There's a thin line between detective and criminal mastermind.

The next class, I had the steps, the shoes, and I was ready for action.

When the music started I began my moves.

My partner yelled, "Ouch!" You stepped on me!"

"You're not supposed to have your foot there! We're on the sixth step. Learn the choreography," I corrected.

After class, Juan asked me to stay.

"Flaca, I can tell you have been practicing the dance at home, but I think we need to work on it together," he said.

I decided to practice with him. I would prove my investigation had led me to the missing salsa. I got in starting position. My left hand was on his shoulder and my right hand was holding his in the air. All of a sudden he made an unexpected move. He began to wiggle my arms around.

"Spaghetti arms," he said.

"What?" I asked, confused. "I thought we were making salsa, not pasta!"

"When you dance salsa, you need strong posture. Pretend you are a car and you are driving the song. Your arms and hands are the steering wheel. The car is guided by the steering wheel. If your steering wheel is moving all over the place, your car won't know which way it's supposed to go. You'll get in an accident," he explained.

"So, I'm not supposed to move my arms when I dance?" I asked.

"Not unless my arms tell them to," he said.

Looks like my family knew very little about salsa after all. They always dance with their arms flailing around. I tried the dance again. This time, no spaghetti arms.

"Flaca, what are you doing?" asked Juan. "You're marching. You can't dance if you're stomping around."

Marching?! Juan must have been talking to La Bruja behind my back. This was sabotage.

"I am *salsa*-ing, not marching! I am doing everything you do!" I explained.

I drove my car over to my bag and got my road map out for Señor Juan the Driver.

"You see?" I showed him my sketch of the dance. "This is what you did. This is what I'm doing! THIS IS SALSA!"

It was silent for a second. I guess I had finally learned Juan's talent of making a person quiet.

"*Ay, ay, ay,* Flaca. You think that is salsa?" he asked.

He sounded kind of disappointed, but I wasn't budging. I stared at him with the look of a person who meant business.

Juan turned up the music and asked me to close my eyes.

"Close my eyes?" I protested. "How can I see what I'm doing if I close my eyes?"

"You're not supposed to see what you're doing. You're supposed to feel it," he said. "Listen to the beat. Listen to the song. Listen to the different sounds the instruments are making and how they all come together. There is no party. There is no crowd. It's just you, the song and the steering wheel."

What was this guy thinking? Dancing with my eyes closed? Steering wheels?

"Now follow my lead," he said. "Quick, quick, slow. Quick, quick, slow."

Before I even knew what I was doing, my feet were following the pattern.

"Now open your eyes," he said.

"I'm doing it!" I yelled. "I thought I'd lost my salsa, but here it is!"

"You never lost your salsa, Flaca. You just hadn't found it yet," he said.

I finished the class with my salsa, a smile and the best investigation yet. I had proved to myself that if I focused enough on clues and patterns, I could crack any case. Now, it was time to show the world what my professional detective skills had found.

It was the day of the *quinceañera* and my mother had hired a team of beauty experts to prepare us and my sister's friends for the party. Ugh. My hair was being sprayed with flying chemicals, my scalp was being stabbed by vicious pins and my face was drowning in a sea of powders and paint.

I went to the bathroom to put on the hideous peach-colored dress La Bruja had picked "just for me" and the itchy stockings that choked my legs. I looked like a clown. All that was missing was the red nose. When I came out of the bathroom my mother was way too excited.

"*Ay*, Flaquita," she exclaimed. She only calls me "Flaquita" when she's feeling overly proud. "You look like Blanca Nieves!"

"She looks more like a vampire than Snow White," said my sister. "Look how pale she is. Her black hair practically makes her face glow in the dark."

I did look like a vampire compared to everyone else. Most of the other girls had tanned, glowing skin with thick, beautiful hair. La Bruja may have had a point, but I would NEVER admit it.

"I'd rather look like a vampire than a hairy werewolf," I responded as I pushed passed her into the living room. I just wanted to get this night over with.

At the party, the lights dimmed as we stood on the dance floor preparing for the musical cue. I looked around the room. Everyone's eyes were on me. I could feel them whispering, waiting to see what I would do. I saw my sister pointing in my direction and giggling. Sweat began to run down my face and my heart began to beat to the music. Wait, the music had started!

"Flaca, GO!" whispered my partner as he nudged me forward.

I didn't know what was going on. I couldn't find my place in the dance. Was I on the quick step or the slow step? I thought I had lost my salsa again until I spotted Juan on the sidelines. He was looking at me, then closed his eyes. So, I closed mine. That's all it took. I found the beat and danced for a few more steps with my eyes closed. I peeked through my eyelids to see the crowd's reaction. People were smiling! And clapping! Some were taking pictures. After the dance we even got a standing ovation. I was waiting for someone to throw flowers at my feet, but I guess they didn't want to make the other kids feel bad.

Detective Flaca had succeeded again, but there was more investigating to be done. I had to figure

out a way to keep my salsa. It seemed to come and go occasionally. It was a slippery little thing.

The Case of the Lost Salsa: In progress

On the way home from the party my mother congratulated me on the performance.

"You did great, Flaca" she said. "We're all so proud of you."

"Yeah, she did all right," said my sister. "She didn't trip or fall like I thought she would."

Was that . . . almost . . . a compliment? Was La Bruja feeling all right? Maybe the pressure from the sparkly crown was cutting off oxygen to her head.

"I've been doing some thinking," I explained to my mom. "Maybe if I have nothing more important planned or if it's quiet at the detective's office, *maybe* I can take a few more salsa lessons. There's a lot of investigation that needs to be done on salsa. Like why is there a dance move called Suzie Q? Who is this Suzie Q? And why is there a dance step named after her?"

"Really, Flaquita?" exclaimed my mother. "Oh that would be wonderful! I'll call Juan tomorrow."

"Don't get too excited, Mami. I said maybe."

"Okay," my mom sighed with a smile, "I can live with maybe."

LA CHANCLETA PERDIDA

Y OTROS CASOS SECRETOS

Por Alidis Vicente

LA CHANCLETA PERDIDA

Y OTROS CASOS SECRETOS

Por Alidis Vicente

Traducción al español de Gabriela Baeza Ventura

PIÑATA BOOKS
ARTE PÚBLICO PRESS
HOUSTON, TEXAS

La chancleta perdida y otros casos secretos ha sido subvencionado por la Ciudad de Houston por medio del Houston Arts Alliance.

¡Piñata Books están llenos de sorpresas!

Piñata Books
An imprint of
Arte Público Press
University of Houston
4902 Gulf Fwy, Bldg 19, Rm 100
Houston, Texas 77204-2004

Diseño de la portada de Mora Des!gn
Ilustraciones de Leonardo Mora

Vicente, Alidis.
The missing chancleta and other top-secret cases / by Alidis Vincente ; Spanish translation by Gabriela Baeza Ventura = La chancleta perdida y otros casos secretos / por Alidis Vicente ; traducción al español de Gabriela Baeza Ventura.
p. cm.
Text in English with parallel Spanish translation.
Summary: Second-grader Flaca investigates three mysteries, from her missing flip flop, to who put a food she is allergic to in her lunch, to how she will find her dancing ability before performing salsa at her sister's quinceañera.
ISBN 978-1-55885-779-7 (alk. paper)
[1. Mystery and detective stories. 2. Lost and found possessions—Fiction. 3. Food allergy—Fiction. 4. Salsa (Dance)—Fiction. 5. Hispanic Americans—Fiction. 6. Spanish language materials—Bilingual.] I. Ventura, Gabriela Baeza, translator. II. Vicente, Alidis. Missing chancleta and other top-secret cases. III. Vicente, Alidis. Missing chancleta and other top-secret cases. Spanish. IV. Title.
PZ73.A5766 2013
[E]—dc23

2013029355
CIP

∞ El papel utilizado en esta publicación cumple con los requisitos del American National Standard for Information Sciences—Permanence of Paper for Printed Library Materials, ANSI Z39.48-1984.

Impreso en los Estados Unidos de América
febrero 2015–marzo 2015
United Graphics, Inc., Mattoon, IL
12 11 10 9 8 7 6 5 4 3 2

ÍNDICE

Le dedico este libro a Mateo, el nuevo detective del Equipo Vicente

DE PARTE DE LA DETECTIVE FLACA

Estimado Joven Detective:

Si estás leyendo esta carta es porque te interesa estudiar algunos de los expedientes de mis casos más secretos. Normalmente no les permito a los ciudadanos comunes que lean materiales confidenciales. Sin embargo, porque es obvio que estás tratando de aprender a ser un detective profesional, consumado y observador, tiene mucho sentido que aprendas de la mejor . . . de MÍ.

Todos los casos que leerás a continuación son tan reales como los recuerdo así como todos mis éxitos. Por favor, ten en cuenta que he cambiado algunos de los nombres y las fechas por razones de privacidad. Nosotros los detectives tenemos que tener mucho cuidado con el tipo de información que revelamos al público, y aunque confío en ti, no puedo confiar TANTO tanto. Por eso, no creo que te sorprenda que te pida que firmes el acuerdo de confidencialidad que adjunto a esta carta. No es nada del otro mundo. Sólo tengo que asegurarme que no eres un criminal o espía. No lo eres, ¿verdad? Bien. Ahora firma el acuerdo y tenlo a la mano en caso de que tú y yo tengamos que tener una conversación.

Cautelosamente,

Detective Flaca

Yo, ______________________________, solemnemente prometo no revelar ninguno de los súper maravillosos métodos detectivescos a los malhechores, a los cerebros nefastos o a los criminales en formación. Prometo hacer uso de la información altamente confidencial de la Detective Flaca sólo para aprender y ser creativo y no para criticar a sus personajes, excepto tal vez, a la Bruja. Finalmente, prometo leer todo el libro y buscar las palabras que no entiendo en un diccionario para que algún día sea más inteligente y mejor que la Detective Flaca, si es que eso es humanamente posible.

Firmado,

____

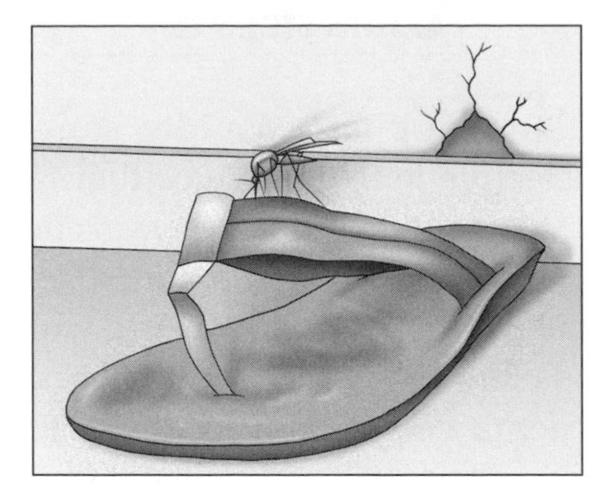

Caso #1
Nombre: El caso de la chancleta perdida
Fecha: Hace mucho tiempo
Estatus: Cerrado

Me llaman Flaca. DETECTIVE Flaca. Soy una especie de leyenda por estos rumbos. He estado haciendo este trabajo por un buen tiempo. Bastante tiempo. Me es casi imposible recordar todos los casos, pero jamás olvidaré el primero. Tenía siete años de edad. Ahora tengo ocho.

Era verano. Hacía un calor pegajoso. Era una tarde perfecta para nadar en la piscina de mi amiga. Pero surgió un problema. Mi chancleta estaba perdida. La busqué por todos lados. Parecía una búsqueda inútil pero no iba a dejar de buscar ¡hasta que tuviera la sandalia puesta en mi pie!

Es importante prepararse para las investigaciones. Me aseguré de que todas mis herramientas estuvieran listas. Lápiz y cuaderno: en mano. Una pava

para camuflar: mal puesta. La idea era que el sombrero del detective le ayudara a ocultar la cara, pero mi pelo era un problema. Era lacio, sin cuerpo, y caía constantemente sobre mi piel pálida. Parecía fantasma con la peluca de pelo ralo y negro y el sombrero. Por lo menos tenía unas pecas que me ocultarían la cara. Eso cuenta como camuflaje, ¿verdad? Estaba lista para el combate. Ah sí. Un buen detective necesita una lupa, pero no tenía una. Los lentes viejos de Abuelo tendrían que servir de lupa. Los lentes hacían que todo luciera más grande. Lentes lupa: listo (creo).

Me senté en el sofá y llamé a mi familia para entrevistarla. Todos eran sospechosos. Me informaron de la última vez que vieron mi chancleta perdida. Escuché y tomé apuntes. Los detalles son la clave.

Primero, hablé con mi padre.

—¿Dónde estabas cuando viste la chancleta perdida por última vez? —le pregunté.

—De hecho, estaba sentado aquí en el sofá. Hacía calor y vi tus sandalias en el piso. Usé una para abanicarme.

—¿Así es que la robaste? —pregunté.

—No, ¡no me la robé! Como no me servía de mucho el abanicarme, metí la cabeza en el congelador. Dejé la chancleta en el suelo de la cocina.

Mi papá empezó a susurrar. Sabía que me estaba dando información ultra secreta.

—No le digas a tu mamá, pero después vi que ¡ella la tenía en la mano en la cocina!

Quería creerle, pero no siempre puedo confiar en lo que dice. Se le olvida TODO.

—Ya puedes irte. ¡El que sigue!

Mi mamá entró a mi oficina. Le pregunté cuándo fue la última vez que estuvieron juntas ella y la chancleta perdida.

—Anoche, cuando puse el postre en la mesa, el perro trató de comérselo. Lo primero que vi fue tu sandalia. La agarré para espantar al perro de la mesa y la volví a poner en el piso. Pero tienes suficientes chancletas, Flaca. ¿Por qué no te pones otras? —preguntó.

—¡DETECTIVE Flaca, por favor! Gracias por la recomendación pero las sandalias no desaparecen así como así. Alguien tiene que responder por esto —le expliqué.

—Como quieras —dijo—. Tengo que empezar a preparar la cena.

No tenía que preguntar qué íbamos a cenar. Arroz y habichuelas. Otra vez.

Tenía que entrevistar al sospechoso número uno.

—Te puedes sentar —le dije a mi hermana.

Entrevistarla sería algo complicado. Siempre intenta confundirme.

—Cuéntame de tu reunión con mi chancleta.

—Nadie sabe dónde está tu sandalia, Flaca. Quizás se la llevó El Cuco.

Lo que esperaba: una trampa. Todos saben que El Cuco no existe. A menos de que seas una bruja como mi hermana, La Bruja, como me gusta llamarla.

—O ¡tal vez TÚ te la llevaste! —grité.

—Sí, yo lo hice. El perro estaba tratando de comerse las DOS chancletas anoche, así es que las puse en tu cuarto.

Resulta que la Bruja no mintió. La otra sandalia tenía marcados los dientes del perro por todos lados. Al principio pensé que eran los dientes de mi hermana pero los de ella habrían dejado marcas más grandes. Sólo había una cosa por hacer. Tenía que examinar el último lugar en donde habían visto la chancleta: mi cuarto.

Me senté en la cama para repasar mis notas con los lentes de Abuelo. Todas las historias tenían sentido. Pero aún no encontraba mi sandalia.

Justo cuando pensé que el caso no daba más, escuché un zumbido. De hecho, el zumbido estaba en mi oído. ¡Un mosquito! Entré en acción.

Era como una antigua corrida de toros. Yo era el matador y el mosquito era el toro. Me embistió con rapidez, y yo lo aplasté con mi . . . ¡CHANCLETA! Después recordé todo.

La noche anterior intentaba dormir cuando me picó un mosquito. Me levanté y usé mi chancleta para protegerme del insecto hambriento. Cuando se posó en la pared . . . ¡fuángana!

Eso quería decir que mi chancleta ¡estaba detrás de mi velador!

Por supuesto que tenía razón. Allí estaba. La chancleta perdida me estaba observando, esperando que le quitara el mosquito aplastado. Hice muy bien en sacar a otro malhechor de la calle.

El caso de la chancleta perdida estaba cerrado.

Cientos de casos han ido y venido desde entonces. Ahora hasta uso bolígrafo para tomar apuntes porque casi no cometo errores. Sólo hay un criminal a quien no he podido atrapar: al bandido que me robó el dinero que dejó el Ratoncito de los Dientes.

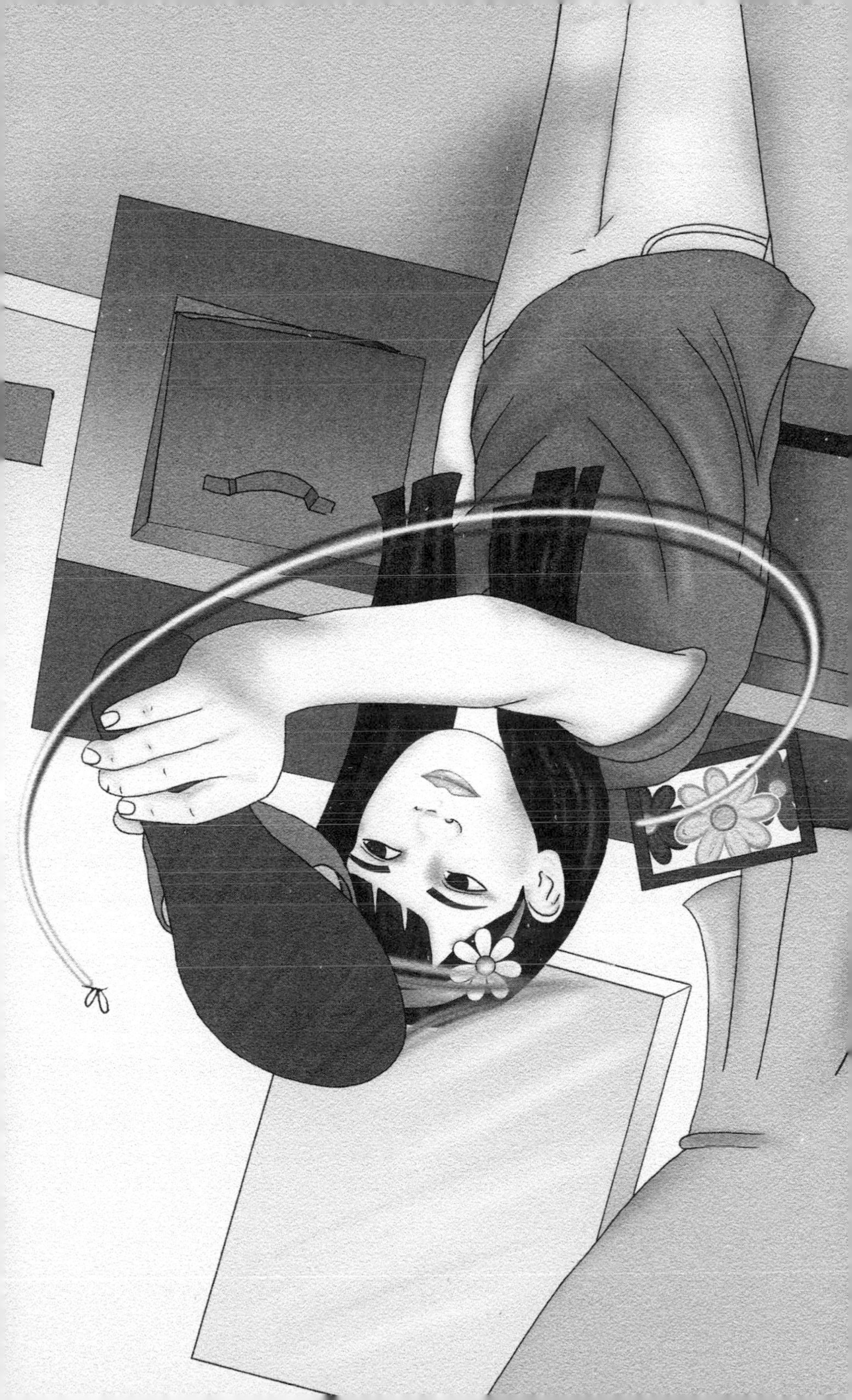

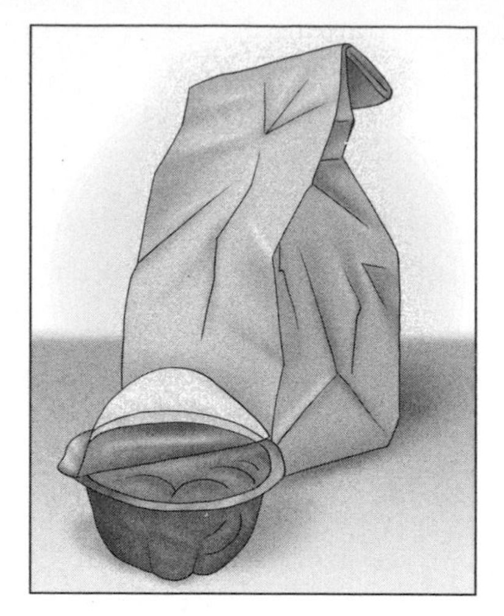

Caso #55
Nombre: El caso de la china asesina
Fecha: Desconocida
Estatus: Cerrado

Era mi parte favorita del día en la escuela. Observaba la bolsa café que tenía secuestrado mi almuerzo sobre la mesa de la cafetería. Me encantaba estudiar la bolsa, trataba de averiguar qué habría adentro al analizar las claves por fuera. ¿Qué puedo decir? ¡Soy detective! Parecía un almuerzo común y corriente hasta que abrí la bolsa y encontré el veneno.

Había una china en mi almuerzo. Para el estudiante promedio de segundo año, encontrar una naranja en su almuerzo no es gran cosa. Pero para mí, ver los pequeños trozos de china escondidos en un vasito de fruta era más que algo grande. Era una amenaza seria.

Una fría y espeluznante sensación me recorrió la espina dorsal cuando descubrí lo que estaba pasan-

do. Era tan obvio como una galleta en un plato de verduras. Alguien estaba tratando de envenenarme. Sentí que la garganta se me cerraba. Me estaba ahogando sólo al imaginarme que había mordido un trozo de la china asesina.

Aunque estaba sorprendida con la situación, tenía que admitir que los métodos eran muy inteligentes. ¿Envenenarme con una naranja? Genial. Eso me apuntaba hacia la dirección correcta. La persona que estuviera detrás de este crimen me conocía lo suficiente como para saber de mi alergia a las naranjas. Si yo no fuera una detective tan observadora y astuta, ese pequeño detalle habría pasado por desapercibido. Por suerte, ser detective no es lo que hago. Es lo que soy.

Tenía que llegar a casa lo antes posible para iniciar mi investigación. Alguien me quería quitar del camino. Su éxito en esa empresa no sería una opción. Tenía que hacer lo que cualquier estudiante responsable hace cuando tiene que ir a casa durante las horas de clase.

Le dije al asistente de cafetería que tenía que ir a la enfermería porque había tenido contacto con un alimento alérgeno. Sabía que eso me permitiría llegar con la enfermera bien rápido. Corrí por el pasillo a la oficina de la Sra. Caradura. Como era de esperar, no había nadie. A la hora del almuerzo la enfermería siempre está vacía. Nadie quería perderse el almuerzo; sin embargo, perderse un prueba de matemáticas . . . para eso sí valía la pena enfermarse.

Tenía que acercarme a la Sra. Caradura con mucha precaución. Tiene fama de ser una persona bien difícil. Es bajita y ancha. Tiene la boca en una mueca de disgusto permanente. Nunca se le puede engañar con síntomas falsos, y casi nunca te manda a casa. La mayoría de los estudiantes dicen que es mala. Yo prefiero verla como una contrincante de respeto.

Entré a su oficina y me senté en la silla frente a su escritorio mientras ella tecleaba en la computadora. Me miró de reojo inmediatamente mientras continuaba con su trabajo.

—¿Estás enferma, Flaca? ¿A la hora del almuerzo? Qué interesante —dijo, mientras seguía escribiendo.

Miré a la Sra. Caradura fijamente, puse el vasito con fruta en su escritorio y lo empujé hacia ella.

—¿Y qué significa esto? —preguntó.

No me extrañaba que me hiciera una pregunta abierta. Tenía que ser muy lista con mi respuesta.

—No lo sé, Señora Caradura. Dígame usted. Revise mi expediente médico.

—Flaca, no tengo tiempo para juegos. Dime qué está pasando —demandó.

La señora Caradura estaba actuando muy autoritaria, probablemente porque no poseía las destrezas para unir las piezas del rompecabezas. Tuve que hacerlo por ella.

—Éste es un intento de asesinato. Alguien está tratando de envenenarme —dije apuntando al vasito de fruta.

La señora Caradura dejó de trabajar y se quitó los lentes. Ahora nos veíamos a los ojos.

—En primer lugar, Flaca, nadie va a intentar asesinarte con un vasito de fruta. Además, me temo que no sabes la definición correcta de "asesinato". Tú no eres una figura pública o una persona famosa. Por lo tanto, aunque alguien quisiera envenenarte, eso no sería un "intento de asesinato".

La señora Caradura parecía estar satisfecha con su respuesta porque sus dedos volvieron a bailar sobre el teclado. Seguro pensó que no me esperaba ese tipo de respuesta. Estaba equivocada.

—De hecho, Señora Caradura, sí soy una figura pública. Por si *usted* no lo sabe, soy la detective de este lugar. Hay montones de casos importantes que jamás se habrían resuelto si no fuera por mí. Así es que sí pueden asesinarme. Lo que es más importante, soy alérgica a las chinas y, por lo que puede ver, este vasito está lleno de ellas. Pero, supongo que usted no estará al tanto de mi alergia porque no ha consultado mi expediente médico.

La señora Caradura levantó las cejas, cruzó las manos y se quedó en silencio un momento (creo que era la primera vez que hacía esto). Luego preguntó,

—Exactamente, ¿qué es lo que quieres de mí, Flaca?

—Necesito que llame a mi mamá y le diga que venga por mí porque puede que me haya comido un gajo de china —dije.

—Eso sería una mentira —dijo la señora Caradura—. No has comido chinas. Estás perfectamente bien.

—Pero podría haber comido una. Y si me voy con este vasito de fruta de aquí, podría comer unas chinas. Enviarme a casa es más seguro. Además, eso me sacará de su oficina más rápido. De otra manera, tendré que quedarme aquí bajo observación. Siento que me pica la garganta —dije.

Caramba; yo era buena. La señora Caradura no tenía salida. Era ahora o nunca. Estaba a punto de meter el gol y no había nada que ella pudiera hacer al respecto.

—Le llamaré a tu madre y le explicaré que quieres ir a casa porque estás preocupada por la china que encontraste en tu almuerzo. Ahora vuelve a la cafetería, y yo te llamaré cuando ella llegue.

¡GOOOOOOOL! No faltaba mucho para que descubriera a la persona que había tratado de asesinarme.

Al salir de la enfermería, la señora Caradura me detuvo.

—Haré esto con una condición —amenazó desde su escritorio.

Me di vuelta, lista para negociar.

—Que averigües quién trató de asesinarte y me reveles su identidad.

—De acuerdo —respondí.

Creo que fue la primera vez en su vida que alguien la vio sonreír. Jamás pensé que su cara podía hacer ese gesto. Era algo escalofriante.

Cuando llegué a casa, empecé una investigación detallada. Esta era distinta a las investigaciones tipo "no puedo encontrar mis llaves". Esta era una alerta roja. Lo primero que tenía que hacer era preparar mi equipo. Pava: Puesta. Cuaderno: En el bolsillo. Sí, aún usaba pluma y cuaderno. Algunos detectives usaban sofisticadas tabletas digitales para tomar notas de sus observaciones, pero yo soy anticuada. Los ladrones me podrían robar toda la valiosa información que tengo. Lo único que me faltaba eran los lentes de Abuelo. Traté de usar una lupa tradicional, pero para serte honesta, nada es más resistente y grueso que los lentes de los abuelos. El problema: Abuelo estaba tomando una siesta. Los lentes estaban en su velador, al lado de un vaso con un líquido que contenía su dentadura. Me encogí cuando me estiré para alcanzar los lentes con dos dedos. No quería acercarme demasiado a su quijada flotante. Supongo que por eso el dentista recomienda que te laves los dientes dos veces al día. Qué asco.

Con los lentes de Abuelo en la mano, empecé a revisar la bolsa de mi almuerzo para ver si encontraba más pistas. Busqué en mi almuerzo algún rastro de otro veneno o una trampa explosiva. Ahí fue cuando encontré la nota. Estaba escrita en un papelito con pegamento que decía:

Cómelo ☺

Así es que el criminal era sarcástico. ¡Ja! Probablemente quisieron decir:

Cómelo

Guardé la notita en una bolsita sellada de sándwich que tenía escrito "EVIDENCIA". Tendría que recurrir al análisis de escritura manuscrita para atrapar al criminal. Por suerte, ya había dedicado horas de investigación a la escritura manuscrita en el Internet, por lo que ya casi era una experta.

Entrevisté a los miembros de mi familia y les pedí que escribieran la palabra "cómelo" en una hoja de papel. Después los compararía con la evidencia que había encontrado. Usualmente, les habría preguntado a mis familiares si ellos tenían algo que ver con la china asesina. Pero, yo sabía que mis padres jamás harían algo así. Me echarían de menos si me hubiera comido la china. Lo que es peor, tendrían que soportar vivir con La Bruja como hija única. No creo que alguien desee eso. Mi hermana, bueno, ella no es tan inteligente como para planificar un atentado de asesinato tan elaborado. Honestamente, no creo que ni siquiera pueda deletrear "asesinato". Pero un detective no sólo depende de sus presentimientos, así es que me aseguré de tener todas mis muestras de escritura manuscrita, por si las dudas. Después de revisar la escritura de mis familiares debajo de un foco súper brillante, descubrí que ninguna coincidía.

EVIDENCIA A: Muestra de Papi
Cómelo
Estatus: Negativo

EVIDENCIA B: Muestra de Mami
Cómelo
Estatus: Negativo

EVIDENCIA C: Muestra de La Bruja

Cómelo

Estatus: Espeluznante . . . pero Negativo

Al día siguiente estaba en clase esperando que sonara la campana para salir de la escuela. Como siempre, había terminado con mi prueba de ortografía antes de tiempo. Deletrear es una de mis mejores destrezas. Un buen detective tiene que saber deletrear muy bien. Si en algún momento tengo que llevar mis casos ultra secretos a alguna corte, lo cual podría pasar en cualquier momento, tener un error ortográfico resultaría bastante vergonzoso frente a un juez.

Mientras esperaba que sonara el timbre, mi maestra me entregó los resultados de la última prueba de deletreo. Debajo de mi esperado "100%", había una notita.

Mantén el buen trabajo ☺

Estatus: ¡Sí!

No cabía duda de que me quedaría después de la escuela para una conferencia estudiante/maestro. Había que aclarar algunas cosas. Mi enemiga parecía haberme leído el pensamiento porque me dijo —Flaca, por favor quédate después de clase. Quiero hablar contigo.

Ya lo tenía programado, Señora Asesina.

Cuando sonó el timbre, todos los estudiantes salieron corriendo. Era como si trataran de escapar de una tormenta que se dirigía hacia el salón de clases. Me quedé junto a la puerta, en caso de que tuviera que salir rápidamente.

Cómelo!

—Siéntate —dijo la asesina fracasada.

—No, gracias —respondí—. Trabajo mejor de pie.

—Bien. Me dijeron que estabas molesta por el vasito de fruta que encontraste en tu almuerzo el otro día. ¿Quieres hablar de eso? —me preguntó.

—Claro, si usted quiere hablarme de eso —dije al poner sobre su escritorio la notita original como evidencia. Siempre llevo conmigo la evidencia. Dejarla en casa o en mi mochila puede ser muy peligroso.

—¿Reconoce esto? —le pregunté.

—Sí, es la nota que puse en tu almuerzo —respondió la asesina.

—¡Así es que fue usted! —grité—. ¡Lo sabía!

El análisis de manuscrito nunca miente. La cara de mi enemiga no cambió. Ni sonrió. Ni frunció el ceño. Era toda una profesional.

—¿Qué hice? —pregunté—. ¿Estaba haciendo demasiado bien en todas las materias? ¿Era que mi inteligencia le estaba dificultando el trabajo suyo? ¡Dígame por qué lo hizo!

—¿Por qué hice qué? —me preguntó. Ahora estaba actuando.

—¡Vamos! Las dos sabemos lo que está pasando aquí. Ya, dígalo de una vez. ¿Por qué intentó asesinarme? —demandé.

—¿Asesinarte? Flaca, le puse un vasito de fruta en el almuerzo a cada uno de tus compañeros. Era una sorpresa por las buenas notas de sus exámenes —me explicó.

—¡¿Una sorpresa?! ¿Qué, perdió la cabeza? No puede ir metiendo comida en los almuerzos de los estudiantes. ¡La gente tiene alergias! —dije.

—Sí, lo sé. Estoy muy consciente de las alergias de mis estudiantes —dijo.

—¡Así es que SÍ estaba tratando de envenenarme! —grité.

—Flaca, ¡¿de qué estás hablando?! —preguntó mi supuesta asesina.

Ahora era el momento de demostrarle que yo sabía exactamente qué pretendía hacer. —Usted sabe que yo soy alérgica a las chinas, y ¡me puso un vasito de fruta con pedacitos de china en el almuerzo a propósito!

—¡Este vasito de fruta no tiene chinas! —dijo tomando el veneno y moviéndolo en el aire. Fue al gabinete y sacó un paquete de vasitos de fruta.

—Lee los ingredientes en la etiqueta. No tiene chinas. Lo que viste son mandarinas —dijo.

Leí la lista de ingredientes en la etiqueta, pero me hubiera gustado tener los lentes de Abuelo a la mano. Existía la probabilidad de que ella hubiera cambiado o dañado la etiqueta. Sin los lentes, no podría saberlo. En todo caso, vi hacia donde se dirigía con esto.

—Si alguien es alérgico a los huevos, ¿le daría bizcocho? Los cítricos son cítricos. ¡Un veneno es tan malo como el otro! —dije.

Me levanté y caminé hacia la puerta.

—Sé lo que está haciendo —le señalé—. Y la próxima, no se escapará tan fácil.

Mientras caminaba por el pasillo vacío, pasé por la oficina de la señora Caradura. La vi tecleando en su computadora otra vez.

—Fue mi maestra —le dije desde la puerta—. Bien descuidada. Cuiden la nevera en la sala de maestros. Apuesto a que se roba los almuerzos de otra gente.

Asintió. Oficialmente éramos socias silenciosas de la justicia.

El caso de la china asesina estaba cerrado.

Seguí caminando hacia la puerta del edificio. Gracias a mis destrezas para resolver crímenes, arruiné un atentado de asesinato. Primera parada: el puesto de malteadas. Próxima parada: Academia de Entrenamiento del FBI.

Caso #103 y tanto
Nombre: El caso de la salsa perdida
Fecha: El día y durante el quinceavo cumpleaños de La Bruja
Estatus: En curso

Era la peor tarde que había tenido en mi vida. Mi hermana mayor, el verdugo, decidió arruinarme la vida durante la cena. Iba a cumplir quince años y estaba hablando con nuestros padres sobre ideas para una quinceañera. Qué aburrido.

—Flaca, ¿no te entusiasma la fiesta de tu hermana? —preguntó mi madre.

—Supongo que sí —dije, empujando los gandules en mi plato. No era fan de esos impostores de chícharos pequeñitos. Sólo eran una forma sofisticada de servir habichuelas en la cena otra vez.

—Bueno, si no es gran cosa para ti, tal vez no debemos hacerte una quinceañera —espetó mi hermana.

—No quiero una —respondí—. Es bien ridículo. Te pones un vestido blanco con una corona. Tus amigos se ponen vestidos largos iguales y sus parejas usan horribles esmóquines con corbatas de colores. Se supone que es una fiesta de quince y no una boda.

—Ya, niñas —interrumpió mi papá—. Flaca, no tienes que tener una quinceañera tradicional cuando cumplas los quince, pero este es el día especial de tu hermana. Es una forma de celebrar su paso a la madurez. Ella puede organizarla como quiera.

—Gracias, Papi —se burló La Bruja.

Una sonrisa retorcida apareció en su rostro. Sabía que era una mala señal. Luego pronunció las terribles palabras.

—Tengo una idea —explicó—. En vez de que mis amigos y yo hagamos un baile coreografiado para mis invitados, creo que sería maravilloso si ¡todos los niños pequeños de la familia bailaran enfrente de todos! Incluyéndote a ti, querida hermanita.

Ay no. Eso NO iba a suceder. El baile no era lo mío. Había visto a toda mi familia bailar con la música latina en casa y en fiestas familiares, pero no era algo que yo particularmente hubiera hecho. Claro, probablemente podría ser una súper bailarina debido a mi talento innato, pero yo era una detective y no una bailarina. En ese momento, supe que el propósito de la vida de mi hermana era hacer de la mía un infierno. ¿Por qué era tan . . . mala? Obviamente, la cambiaron con otra al nacer.

—¡Qué buena idea! —exclamó mi mamá—. Flaca, te verás linda vestida elegantemente y bailando.

Haré una lista de las parejas para la presentación y conseguiré un instructor de baile.

Me levanté de la silla en protesta. —¡NO voy a bailar en tu fiesta! Ya ni siquiera soy una niña chiquita. Prácticamente soy una preadolescente, ¡por favor! —grité.

—Ya, Flaca, no te enojes—dijo mi padre mientras comía su cena—. Ni siquiera has intentado bailar. A lo mejor te gusta. Pruébalo.

—¡Pero no quiero intentarlo! —dije—. Ella está tratando de avergonzarme enfrente de todos. Si tengo que bailar, ¡no iré a esa estúpida fiesta!

—Flaca, irás a la fiesta de tu hermana y bailarás. ¡Se acabó la discusión! —dijo mi padre.

Fulminé con la mirada a La Bruja cuando ella me alzó las cejas y cruzó los brazos. —Deberías sacarte las cejas para tu súper fiesta —sugerí antes de salir furiosa hacia mi cuarto—. Se supone que tienes que tener dos. Tú sólo tienes una.

A la semana siguiente tuvimos el primer ensayo en un estudio de baile local. Mi madre había conseguido un instructor de salsa llamado Juan Camarón quien había coreografiado el baile de una quinceañera. Sabía que mi peor pesadilla estaba a punto de empezar, y no había ninguna destreza detectivesca que pudiera ayudarme. Por lo menos eso creía.

Era un terrible día de lluvia. Los cielos estaban vaciando toneladas de agua en la tierra. Sabía que las nubes estaban llorando por mí y por la terrible tortu-

ra que me esperaba en el ensayo. Llevaba un vestido negro con unas botas para el agua también negras para compartir la pena.

Cuando llegué a la clase de baile todos los otros niños de la familia ya habían llegado: primos, primos de primos, amigos de la familia, cualquiera con doce años de edad o menos y que tuviera dos piernas. Parecían estar emocionados con el baile mientras conversaban y se reían unos con otros. Raro.

—¡Muy bien, todos! —gritó Juan—. ¡Pónganse los zapatos de baile y párense enfrente del espejo!

Mi mamá me llevó del brazo para presentarme al instructor.

—Hola, Juan —dijo—. Ella es mi hija, Flaca. También va a participar en el baile.

—Hola, Flaca —dijo Juan con una sonrisa.

—Hola —dije.

—¿Por qué no te pones los zapatos de baile para empezar con el ensayo? —sugirió.

—Estos SON mis zapatos de baile —le expliqué al mirar las botas de agua.

Juan miró a mi madre confundido.

—¿No trajiste zapatos? —preguntó ella sorprendida.

—¿Para qué iba a traer otro par de zapatos? —le respondí—. No me dijiste que necesitaría zapatos especiales.

—¡Es una clase de baile, Flaca! ¡Claro que necesitas zapatos! ¿Cómo rayos pudiste pensar que podrías bailar con las botas de agua? —preguntó.

—Tú bailas salsa en la cocina con tus chinelas —dije—. ¿Por qué no puedo yo bailar con las botas de agua?

—Yo bailo con chinelas en mi CASA. ¡Esta es una clase de baile! —exclamó.

—No importa si olvidaste los zapatos, Flaca —interrumpió Juan—. Hoy puedes bailar en tus medias. Sólo asegúrate de que bailes sobre el balón de tus pies. Para la próxima trae tus zapatos.

—Mis pies no tienen balones —dije, mirando mis medias.

Juan apuntó a la planta del pie justo debajo de los dedos.

—Esos son los balones de los pies. Levanta los talones —dijo—. Vamos.

Normalmente me habría rehusado a bailar en mis medias. Pero este tipo había logrado que mi mamá dejara de seguir y seguir discutiendo. Jamás había visto algo semejante. Nadie logra silenciarla cuando se enoja. Era un talento que tenía que aprender. Lo estaría estudiando con cuidado.

Después de una interminable hora de estar parada, pisando, retorciéndome y dando vueltas, las piernas me estaban matando. Definitivamente no me pondría botas de agua para la próxima.

Para la siguiente clase, mi mamá me trajo un par de zapatos de baile . . . con tacón.

—Aquí están tus tacones, Flaca —dijo—. Estos te ayudarán a bailar.

—¿Qué, no hay tenis de baile o algo más que pueda usar en vez de tacones? —le pregunté a Juan.

—Sí los hay —dijo—. Pero en la fiesta vas a usar este tipo de zapato. Así es que debes ensayar con ellos.

Aún con los tacones, el baile no era nada fácil. De hecho, se me estaba haciendo más difícil. Apenas podía caminar con los tacones, mucho menos bailar con ellos. No podía. ¿Dónde estaba mi ritmo? ¿Por qué no se meneaban caderas? ¡¿Dónde estaba mi salsa?!

Cuando regresé a casa empecé una investigación detallada. Tenía que averiguar adónde se había ido mi salsa. Saqué mis herramientas de investigación e inicié las entrevistas con los sospechosos de siempre. Mi salsa estaba perdida, y tenía que encontrarla antes de la fiesta.

La primera persona con quien hablé fue la Bruja. Si alguien se había llevado mi salsa era ella.

—¿Sabes en dónde puede estar mi salsa? —le pregunté.

—No puedes perder algo que no tienes, Flaca —me respondió mientras se limaba las uñas—. Tú marchas en vez de bailar. Yo tengo todo el ritmo de la familia.

—¿Así es que tú me robaste el ritmo? —le pregunté.

—Está en mis genes —dijo—. Tal vez tú tienes genes distintos. Quizá te adoptaron o algo.

—Bueno, eso explicaría por qué yo soy mucho más formidable que tú —dije—. Ya te puedes ir.

Ahora entrevistaría a mi mamá. Siempre la veía bailando en casa. Ella tenía que saber dónde estaba mi salsa.

—Si quieres encontrar tu salsa perdida, pregúntale a tu padre. Tiene que ser un atributo perdido de su lado de la familia, porque la salsa corre por mis venas. Se me da naturalmente —explicó.

El último sospechoso con quien hablaría era mi papá. ¿Había otras personas en su familia que no tenían salsa?

—Escuché que tu lado de la familia ha tenido perdida la salsa por generaciones —dije—. ¿Me puedes hablar más sobre el tema?

—No sé quién te dijo eso —dijo—. Yo puedo bailar salsa. ¿Ves?

Empezó a cantar mal la letra de una vieja canción de salsa mientras pisoteaba y aleteaba los brazos en la sala.

—Para, por favor, para —le rogué—. Ya vi suficiente. Gracias.

Mi madre tenía razón. Si yo había perdido mi salsa, definitivamente era culpa de mi padre. Pero hasta ahora nadie en mi familia había sido de mucha ayuda.

Llegué con mis herramientas de investigación al próximo ensayo y me senté en la parte de atrás del salón desde donde podría ver a todos sin problema.

—Vamos, Flaca —ordenó Juan—. Va a empezar el ensayo.

—Hoy no voy a ensayar, Señor Camarón. Hoy voy a observar —expliqué.

Me miró confundido. Tuve que darle más explicaciones.

—En otras palabras, estoy aquí pero NO estoy aquí. ¿Me entiende? —pregunté.

Juan miró hacia mi madre. Ella asintió con la cabeza.

—Está bien, Flaca. Pero la próxima semana vas a bailar. No hay excusas —dijo.

—Como estoy aquí por un asunto oficial, le agradecería que me llamara "detective Flaca" —demandé.

—De acuerdo, detective —dijo.

—Gracias. Ya se puede ir —dije mientras le hacía un gesto con la mano para despedirlo.

Mientras todos mis primos bailaban, yo los estudiaba y dibujaba sus pasos en mi cuaderno. Era una especie de escena de crimen. Los bailarines compartían algunas similitudes con los criminales. Los buenos tenían movimientos precisos, y casi siempre trabajaban con patrones. Iba a recuperar mi salsa bien rápido.

Esa noche, fui a casa y me puse a trabajar. Corté las huellas de los zapatos y las pegué en el piso. Seguí el patrón que había dibujado. Era como caminar en los zapatos de un criminal, y yo lo hacía muy bien. Sin embargo, tenía que tener cuidado. Es muy fácil cruzarse al otro lado. Hay una línea muy fina entre el detective y el capo criminal.

Para el siguiente ensayo, ya tenía los pasos, los zapatos, y estaba lista para la acción.

Cuando comenzó la música, empecé con mis pasos.

Mi pareja gritó —¡Ay! ¡Me pisaste!

—¡No tienes que poner un pie allí! Estamos en el sexto paso. Apréndete la coreografía —corregí.

Juan me pidió que me quedara después del ensayo.

—Flaca, veo que has estado ensayando en casa, pero creo que debemos ensayar juntos —me dijo.

Decidí hacerlo. Comprobaría que mi investigación me llevó a la salsa perdida. Me puse en posición para empezar. Mi mano izquierda en su hombro y la derecha en la de él, en el aire. De repente dio un paso que no me esperaba. Empezó a moverme los brazos.

—Brazos de espagueti —dijo.

—¿Qué? —pregunté—. ¡Pensé que íbamos a hacer salsa, no pasta!

—Cuando bailas salsa, tienes que mantener una postura firme. Imagina que eres un carro y que estás conduciendo la canción. Tus brazos y manos son el volante. El carro se guía con el volante. Si tu volante se mueve para todos lados, tu auto no sabrá hacia dónde ir. Chocarás —me explicó.

—¿Así es que no debo mover los brazos cuando baile? —pregunté.

—Sólo si mis brazos les dicen que los muevas —dijo.

Al parecer mi familia sabía muy poco sobre la salsa. Siempre aleteaban los brazos cuando bailaban. Intenté bailar otra vez. Esta vez sin brazos de espagueti.

—Flaca, ¿qué estás haciendo? —dijo Juan—. Estás marchando. No puedes bailar dando pisotones.

¡¿Marchar?! Seguro que Juan había estado hablando con la Bruja sin que me diera cuenta. Esto era sabotaje.

—¡Estoy bailando salsa, no marchando! ¡Estoy haciendo todo lo que usted está haciendo! —le expliqué.

Guié mi auto hacia mi bolsa y saqué mi mapa para que el señor Juan, el conductor, lo viera.

—¿Ve? —le mostré el bosquejo del baile—. Esto es lo que usted hizo. ¡Esto es lo que estoy haciendo! ¡ESTO ES SALSA!

Hubo silencio por un segundo. Supongo que por fin había aprendido el talento de Juan para silenciar a una persona.

—Ay, ay, ay, Flaca. ¿Crees que eso es salsa? —preguntó.

Se oía decepcionado, pero yo no iba a ceder. Lo miré fijamente como una persona que no está jugando.

Juan subió el volumen de la música y me dijo que cerrara los ojos.

—¿Qué cierre los ojos? —protesté—. ¿Cómo voy a ver si tengo los ojos cerrados?

—Se supone que no tienes que ver lo que estás haciendo. Lo tienes que sentir —dijo—. Escucha el ritmo. Escucha la canción. Escucha los diferentes sonidos que hacen los instrumentos y cómo todos se unen. No hay fiesta. No hay gente. Sólo estás tú, la canción y el volante.

¿En qué estaba pensando este tipo? ¿Qué bailara con los ojos cerrados? ¿Un volante?

—Ahora sígueme —dijo—. Rápido, rápido, despacio. Rápido, rápido, despacio.

Antes de que supiera lo que estaba haciendo, mis pies estaban siguiendo el patrón.

—Ahora abre los ojos —dijo.

—¡Lo estoy haciendo! —grité—. Pensé que había perdido mi salsa, ¡pero aquí estaba!

—No perdiste tu salsa, Flaca. Simplemente no la habías encontrado hasta ahora —dijo.

Terminé el ensayo con mi salsa, una sonrisa y la mejor investigación hasta ahora. Me había comprobado a mí misma que si me enfocaba lo suficiente en las pistas y patrones, podría resolver cualquier caso. Ahora era hora de mostrarle al mundo lo que mis destrezas de detective profesional habían revelado.

Era el día de la quinceañera y mi madre había contratado a un equipo de profesionales de la belleza para que nos arreglaran a nosotras y a las amigas de mi hermana para la fiesta. Qué asco. Me pusieron espray de químicos voladores en el pelo, me picotearon el cráneo con sanguinarios sujetadores y ahogaron mi cara en un mar de polvos y pintura.

Me metí al baño para ponerme el horrible vestido color durazno que la Bruja escogió "sólo para mí" y las medias ásperas que me apretaban las piernas. Parecía payaso. Lo único que me faltaba era la nariz roja. Cuando salí del baño mi mamá estaba demasiado entusiasmada.

—¡Ay, Flaquita! —gritó—. Sólo me dice "Flaquita" cuando se está muy orgullosa de mí—. ¡Te pareces a la Blanca Nieves!

—Más a un vampiro que a Blanca Nieves —dijo mi hermana—. Mira cómo está de pálida. El cabello negro prácticamente hace que la cara le brille en la oscuridad.

Sí, parecía vampiro en comparación con las demás. La mayoría de las otras chicas tenían la piel bronceada y brillante y el cabello grueso y lindo. La Bruja puede que tuviera razón pero JAMÁS se lo diría.

—Prefiero verme como vampiro que como un hombre lobo todo peludo —le respondí cuando la empujé para entrar en la sala. Ya quería que terminara la noche.

Las luces de la fiesta se fueron apagando cuando nos paramos en la pista del baile a esperar a que comenzara la música. Observé alrededor del salón. Todos me miraban. Los escuchaba susurrar, esperando lo que yo iba a hacer. Vi que mi hermana apuntó hacia a mí y se rio. El sudor me empezó a correr por la cara y mi corazón latió al ritmo de la música. Espera, ¡la música había empezado!

—¡Vamos, Flaca! —susurró mi pareja y me guió adelante.

No sabía qué pasaba. Había perdido el paso. ¿Tenía que dar pasos rápidos o lentos? Pensé que había vuelto a perder mi salsa hasta que vi a Juan a un lado de la pista. Me estaba observando, y luego cerró los ojos. Yo cerré los míos. Encontré el paso y

di unos más con los ojos cerrados. Me asomé entre las pestañas para ver la reacción del público. ¡La gente estaba sonriendo! ¡Y aplaudiendo! Algunos estaban tomando fotos. Después del baile hasta se pusieron de pie para aplaudirme. Esperaba que alguien me tirara flores a los pies, pero supongo que no quisieron hacer sentir mal a los demás niños.

La Detective Flaca había vencido otra vez, pero había que seguir investigando. Tenía que encontrar la forma de no volver a perder mi salsa. Al parecer iba y venía. Era una cosita medio escurridiza.

El caso de la salsa perdida estaba en curso.

De regreso a casa de la fiesta mi madre me felicitó por mi presentación.

—Lo hiciste muy bien, Flaca —dijo—. Todos estamos muy orgullosos de ti.

—Sí, lo hizo bien —dijo mi hermana—. No se tropezó ni cayó como pensé que lo haría.

¿Qué . . . qué era eso . . . casi me felicita? ¿Se estaría sintiendo mal la Bruja? Tal vez la presión de la brillante corona en su cabeza le estaba cortando el oxígeno.

—Estuve pensado —le dije a mi mamá— que si no tengo algún plan más importante o si no hay mucho que hacer en mi despacho de investigación, *quizás* pueda tomar otras cuantas clases de salsa. Aún queda mucha investigación por hacer de la salsa. Por ejemplo, ¿por qué hay un paso llamado Suzie Q? ¿Quién es esa Suzie Q? Y ¿por qué se nombró un paso por ella?

—¿En serio, Flaquita? —exclamó mi madre—. ¡Eso sería maravilloso! Mañana llamaré a Juan.

—No te emociones tanto, Mami, dije *quizás*.

—Está bien —suspiró mi mamá con una sonrisa—. Me basta con el *quizás*.